KV-197-439

Les SCHTROUMPFS ™

Cherche et trouve

hachette
JEUNESSE

LES PROVISIONS POUR L'HIVER

À toi de retrouver :

Schtroumpf Farceur

Scie x2

Marteau

Grand Schtroumpf

Seau en bois x3

Livre x2

Schtroumpf à Lunettes

Balai x2

Loupe

Rouleau à pâtisserie

Les convois de fruits arrivent de toutes parts et créent des embouteillages. Ceux qui déchargent les carrioles font aussi vite que possible... Certains Schtroumpfs, impatients, prennent de dangereux raccourcis.

LA PLAINE DE JEUX

À toi
de retrouver :

Grand Schtroumpf

Abeille x4

Schtroumpf Sauvage

Canard x3

Schtroumpf Grognon

Tasse x3

Schtroumpf Coquet

Mouchoir x2

Schtroumpf Bricoleur

Pelle x3

Les Schtroumpfs ont construit des jeux pour les P'tits Schtroumpfs, mais ils doivent d'abord tester les attractions. On ne plaisante pas avec la sécurité, chez les Schtroumpfs !

Pendant que la plupart des Schtroumpfs jouent aux découvreurs de nouveaux mondes, le Grand Schtroumpf fait une sieste bien méritée et le Schtroumpf Gourmand cherche un endroit calme où déguster son gâteau.

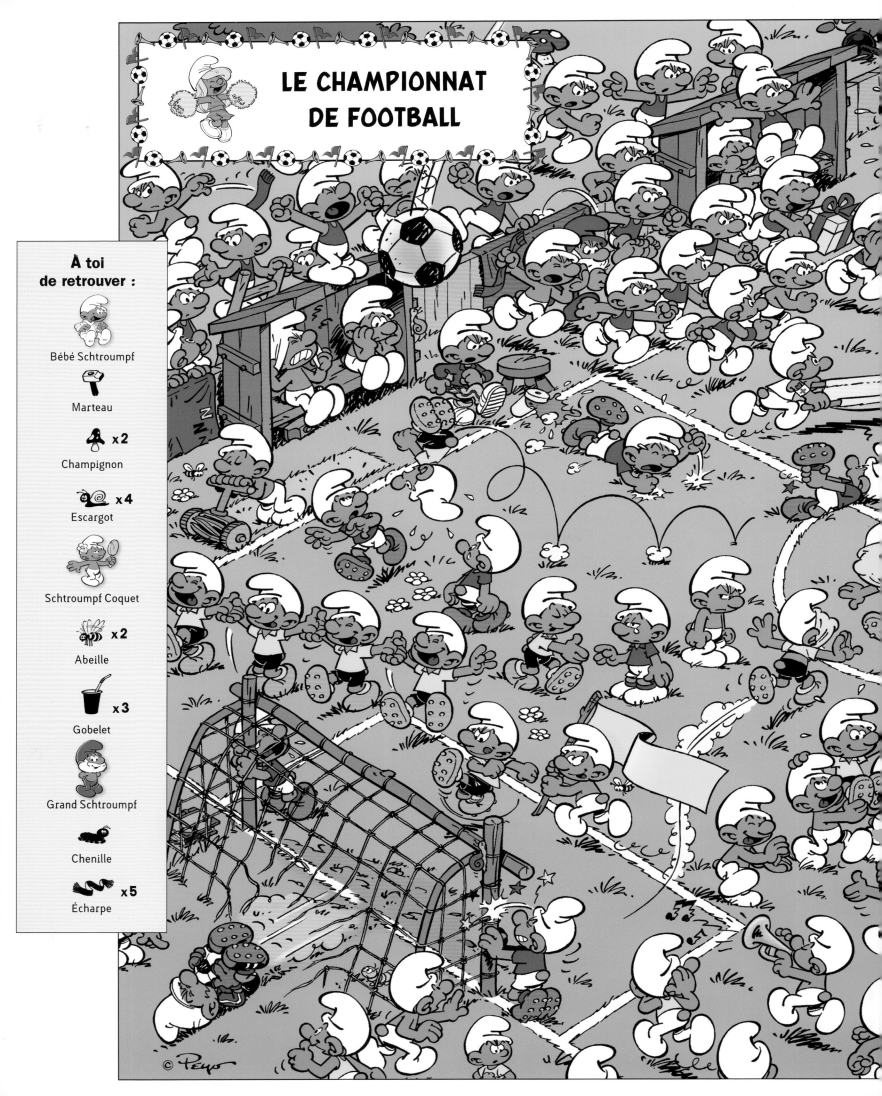

LE CHAMPIONNAT DE FOOTBALL

À toi de retrouver :

Bébé Schtroumpf

Marteau

Champignon x2

Escargot x4

Schtroumpf Coquet

Abeille x2

Gobelet x3

Grand Schtroumpf

Chenille

Écharpe x5

© Peyo

Les jeux sont faits. Le Schtroumpf à Lunettes vient de siffler la fin de la finale. Les Rouges ont perdu mais, mécontents de l'arbitrage, leurs supporters ne veulent pas en rester là...

LE TOUR DU VILLAGE

À toi de retrouver :

Schtroumpf Bricoleur

Crayon x3

Marteau x2

Champignon x3

Grand Schtroumpf

Seau en bois x2

Schtroumpf Cuisinier

Flacon x2

Schtroumpf à Lunettes

Tabouret x2

Au passage du Tour, l'excitation est générale. Qui recevra le baiser de la Schtroumpfette destiné au vainqueur de l'étape ? L'enjeu est de taille, les paris pleuvent et tous les coups sont permis...

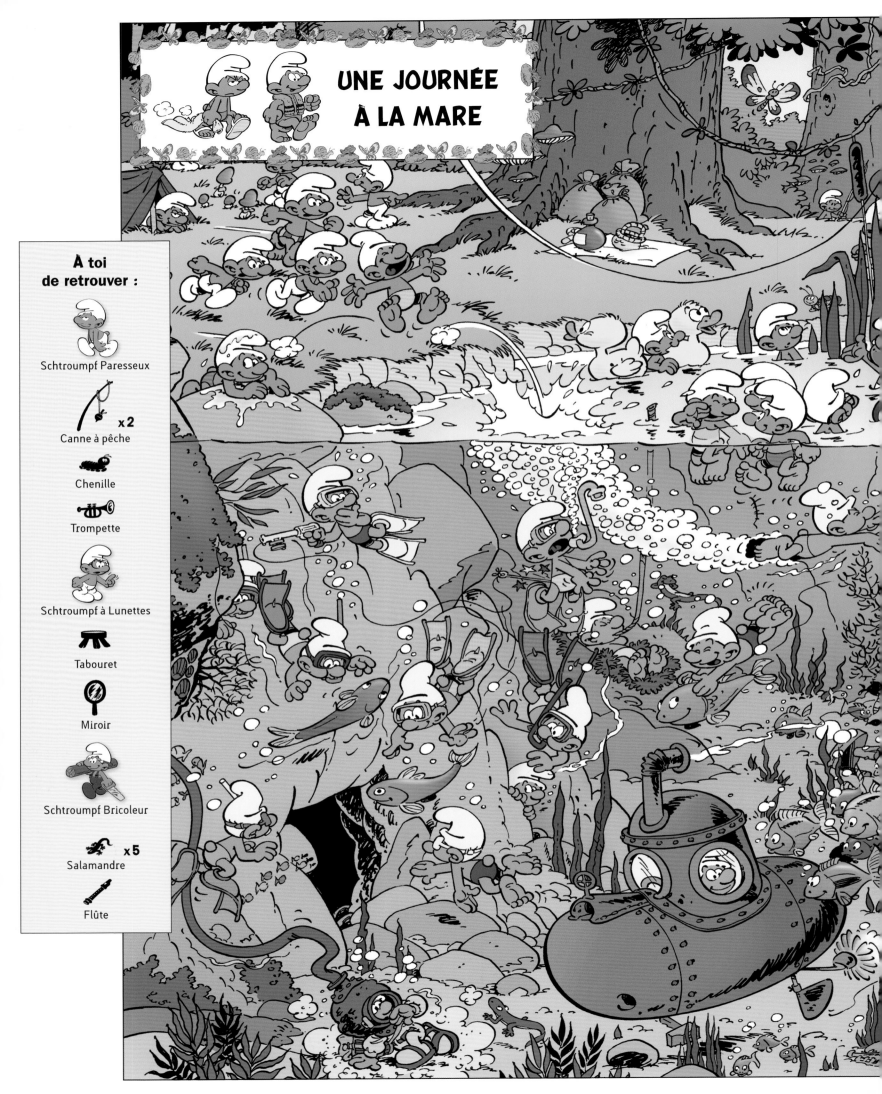

UNE JOURNÉE À LA MARE

À toi de retrouver :

Schtroumpf Paresseux

Canne à pêche **x2**

Chenille

Trompette

Schtroumpf à Lunettes

Tabouret

Miroir

Schtroumpf Bricoleur

Salamandre **x5**

Flûte

Pendant que certains pataugent joyeusement à la surface, les Schtroumpfs plongeurs nagent avec leurs amis poissons et font une farce au Schtroumpf Pêcheur. Il ne prendra pas grand chose aujourd'hui...

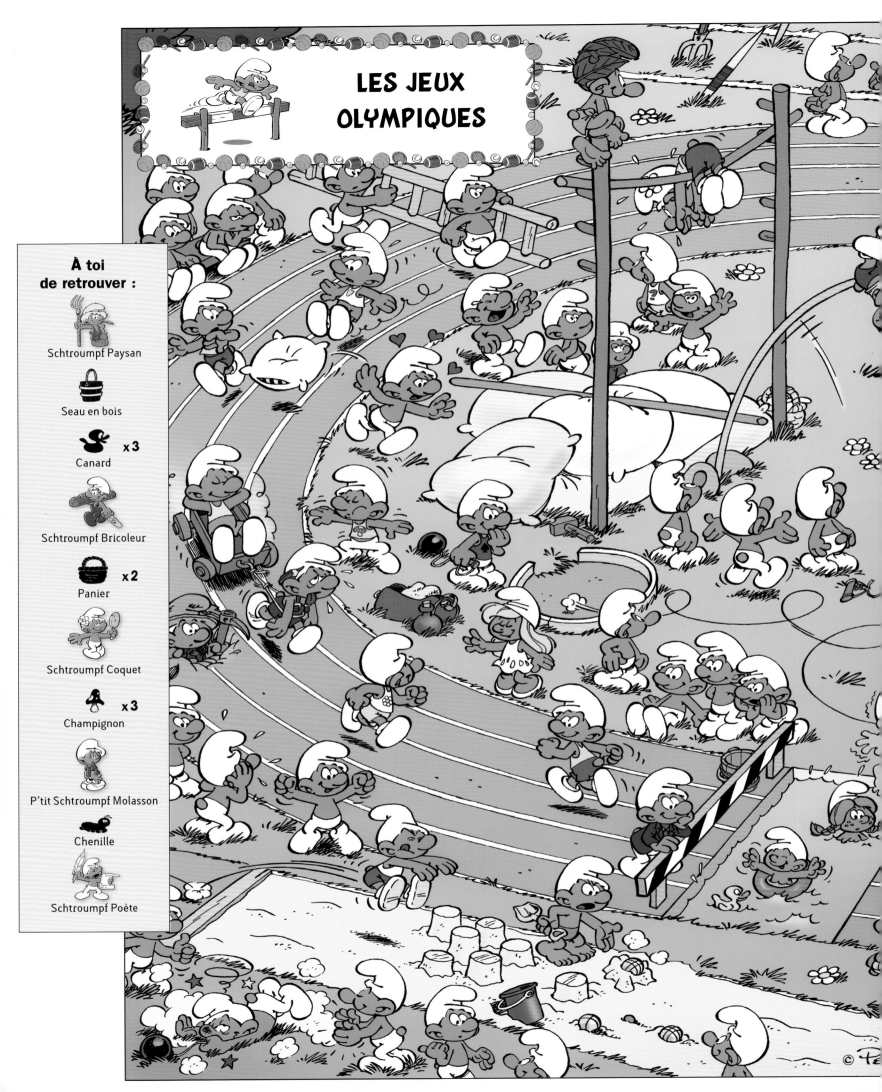

C'est le Schtroumpf Costaud qui détient le record dans chaque discipline, sauf au lancer de javelot où le Schtroumpf Paysan s'est montré imbattable en envoyant sa fourche à cinquante-deux centimètres !

Tous les Schtroumpfs accourent pour éteindre le feu et sauver ceux qui se sont réfugiés sur le toit. Le Schtroumpf Gourmand est parvenu à s'enfuir à temps, mais n'a pas abandonné son assiette. Quel courage !

L'ANNIVERSAIRE DE LA SCHTROUMPFETTE

À toi de retrouver :

P'tit Schtroumpf Molasson

Miroir

Scie

Schtroumpf Bricoleur

Balai x2

Schtroumpf Coquet

Coccinelle x2

Schtroumpf à Lunettes

Trottinette x2

Schtroumpf Gourmand

Pour l'occasion, le Schtroumpf Poète a écrit une jolie pièce de théâtre qui raconte l'histoire d'une princesse prisonnière dans un donjon. De tout leur cœur, les Schtroumpfs se prêtent au jeu...

SOLUTIONS

L'anniversaire de la Schtroumpfette

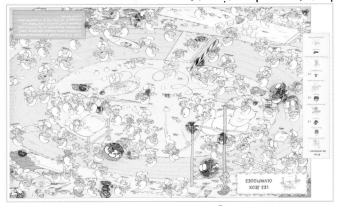

Les Jeux olympiques

L'incendie de la cantine

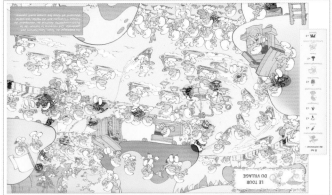

Le tour du village

Une journée à la mare

Ils étaient trois petits navires

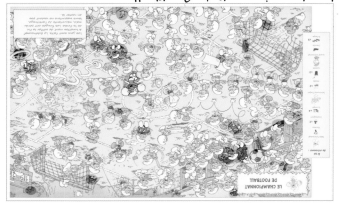

Le championnat de football

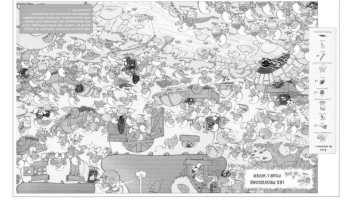

Les provisions pour l'hiver

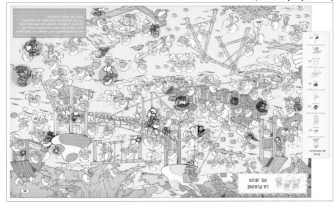

La plaine de jeux